홍수에서
마다가스카르를
구하라!

초판 1쇄 발행 2024년 10월 20일

글 다미안 하비　그림 알렉스 패터슨　옮김 김미선　편집작업 정다운편집실
펴낸이 김동호　펴낸곳 키위북스　편집장 김태연　편집 박주원, 김도연　꾸민곳 디자인 su:
주소 경기도 고양시 일산동구 중앙로 1079, 522호　전화 031)976-8235　팩스 0505)976-8234
전자우편 kiwibooks7@gmail.com　출판등록 2010년 2월 8일 제2010-000016호

Global Heroes: Rising River Escape
Text by Damian Harvey
Illustrations by Alex Paterson

ISBN 979-11-91748-88-8 73840

· 잘못된 책은 바꾸어 드립니다.　· 책값은 뒤표지에 있습니다.

우리는 글로벌 히어로즈 ❷

홍수에서 마다가스카르를 구하라!

다미안 하비 글 · 알렉스 패터슨 그림 · 김미선 옮김

키위북스
KiwiBooks

글로벌 히어로즈를 만나 보아요

모 동물 전문가

링 환경 전문가

키아라 통신 기술자

로넌 수학과 물리 전문가

페르난다 의료 지원가

글로벌 히어로즈는 전 세계에서 온 어린이들로 구성되었어요. 정체를 알 수 없는 억만장자 메이슨 애시가 모집했지요. 이들의 초특급 비밀 본부인 비하이브에서 어린이들은 자신만의 전문 기술을 활용하여 지구와 지구에서 사는 모든 것의 미래를 지킬 거예요!

차례

또다시 비

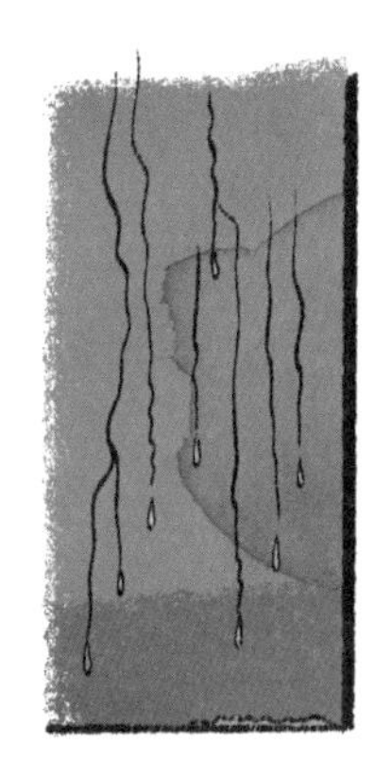

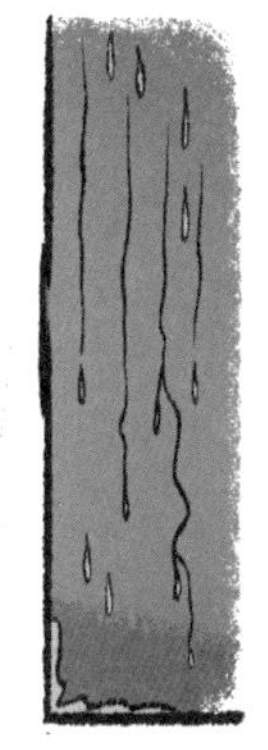

글로벌 히어로즈의 초특급 비밀 본부인 비하이브의 지붕 위로 비가 쏟아지고 있었어요. 페르난다는 창문으로 내리는 비를 바라보며 얼른 그치기만을 바랐지요. 그러고는 잠시 후, 한숨을 푹 내쉬며 소파에 앉았어요. 링은 텔레비전을 보고 있었어요. 전 세계 해수면의 높이가 점점 높아지고 있다는 방송이 나오고 있었지요.

"다른 거 보면 안 될까? 물이라면 이제 지긋지긋해. 밖에 나가서 신선한 공기를 마시고 싶은데 언제 비가 그치려나?"

페르난다가 링에게 부탁했어요.

모와 키이라, 로넌은 탁자 위에서 보드게임을 하고 있었어요.

"우산 쓰고 나가면 되잖아."

모가 한마디 툭 내뱉었어요.

"우산도 별로 도움이 될 것 같지 않은걸."

키이라가 받아쳤지요.

"지금 밖이 어떤지 보기는 했어? 계곡은 홍수가 나기 일보 직전이야. 물이 이렇게 많이 불어난 걸 본 적이 없다고."

로넌이 말했어요.

"다윈 교수님이 그러시는데 둑이 터졌대. 비하이브가

높은 곳에 있어서 얼마나 다행인지 몰라. 안 그랬으면 우리도 홍수에 떠내려갈 뻔했잖아."

링이 말했어요.

"재밌겠는데. 그럼 이 방에서 저 방으로 헤엄쳐서 가면 되니까."

모가 말했어요.

그 순간, 비하이브에 경고음이 울리기 시작했어요.

"임무가 발생했군. 어떤 일일지 궁금한데?"

페르난다가 긴장한 목소리로 외쳤어요.

"다윈 교수님이 조종실에 있는 것 같아. 우리도 그쪽으로 가서 무슨 일인지 알아보는 게 좋겠어."

로넌이 말했어요.

***

조종실은 비하이브의 최첨단 장비가 모여 있는 곳으로 글로벌 히어로즈의 모든 임무를 관리하고 있어요.

텔레비전 화면에서는 전 세계에서 들어온 최신 뉴스가 쉴 새 없이 흘러나왔어요. 무전기로는 다른 나라들과 연락을 주고받았고, 인공위성 시스템으로 지구의 날씨가 어떻게 변하는지 관찰했어요.

페르난다와 팀원들은 다윈 교수님께 달려갔어요. 교수님은 커다란 텔레비전 화면 앞에서 메이슨 애시와 이야기

를 나누고 있었지요.

억만장자인 메이슨 애시는 글로벌 히어로즈의 대장이에요. 하지만 그것 말고는 메이슨에 대해 알려진 사실이 거의 없답니다. 그의 생김새조차 아는 이가 아무도 없어요.

"교수님 안녕하세요, 메이슨 아저씨도요."

로넌이 조종실로 들어오며 인사했어요.

"오, 너희들 왔구나."

메이슨이 화면을 통해 대답했어요.

"앉거라. 지금 무슨 일이 일어나고 있는지 알려 주마."

메이슨은 평소처럼 사무실의 어두운 곳에 앉아 있었어요. 그래서 아이들의 눈에는 메이슨의 윤곽밖에 보이지 않았지요.

"무슨 일이에요, 메이슨 아저씨?"

링이 푹신한 소파에 풀썩 주저앉으며 물었어요.

"임무면 좋겠다."

페르난다가 말했어요.

"임무 맞다, 페르난다. 그리고 네가 들으면 반가울 일이야. 이번 임무에도 참여할 테니까. 모, 너도 함께 갔으면 한다."

메이슨이 말했어요.

"좋아요! 그런데 무슨 임무예요?"

모의 질문이 끝나기도 전에 텔레비전 화면이 갑자기 바뀌더니 사람들로 분주한 거리가 나왔어요. 물로 뒤덮인 거리는 마치 강처럼 보였지요. 거리는 사람들로 넘쳐났고, 모두 같은 방향으로 향하고 있었어요. 남자와 여자, 어른과 아이 할 것 없이요. 모두가 짐을 양손에 들거나 머리 위에 얹었어요.

"여기 보이는 사람들은 서둘러 집을 떠날 수밖에 없었단다. 너희도 보다시피, 물건을 되도록 많이 들고 가는 중이야."

메이슨 애시가 말했어요.

"그런데 왜 집을 떠나야 하나요?"

로넌이 물었어요.

"수위가 계속 높아지고 있기 때문이지. 상황이 좋아지기는커녕 더 나빠질 거야. 이미 수천 명의 사람들이 집을 두고 떠나고 있단다."

다윈 교수님은 아이들이 화면으로 보고 있는 거리가 마다가스카르라고 알려 주었어요. 섬의 북서쪽 해안이 최근

심각한 홍수로 타격을 입었다고 하면서요.

"정말 끔찍하다. 우리가 저곳으로 가서 사람들을 도와 줄 거죠?"

페르난다가 말했어요.

"정부에서 최선을 다해 사람들을 돕고 있어. 우리는 동물들을 구해야 해. 그래서 모에게 이 임무에 참여하라고 한 거다. 모는 동물에 관해 잘 알고 있으니까 많은 도움이 될 거야."

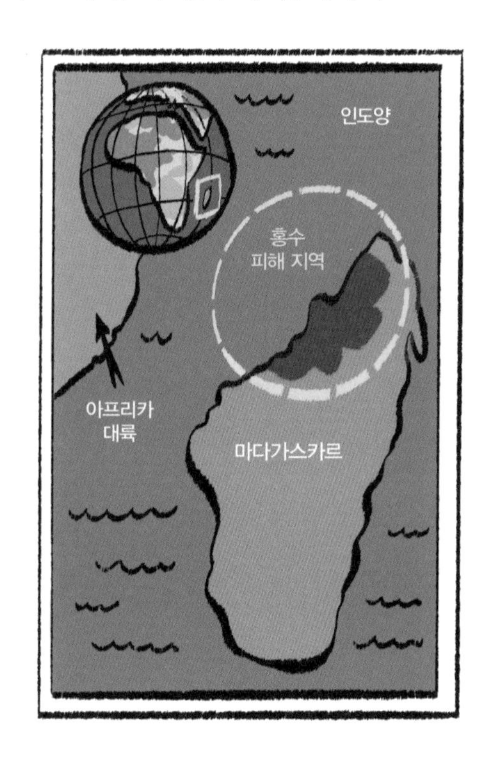

메이슨이 말했어요.

"고맙습니다, 메이슨 아저씨. 얼른 가고 싶어요."

모가 말했어요.

"페르난다, 너는 저

곳에 파견된 수의사를 도와야 해. 네 의학 지식으로 많은 도움을 주길 바란다."

메이슨이 말했어요.

"지금 저곳은 수많은 사람들이 동물들을 남겨 두고 떠날 수밖에 없는 상황이란다. 그러다 보니 가축과 반려동물, 거기다가 야생 동물까지 수많은 동물이 위험에 처해 있어. 수위가 계속 높아지고 있으니 너희들은 동물들이 안전하게 피할 수 있도록 도와주어야 해."

다윈 교수님이 말했어요.

메이슨은 나머지 팀원들에게 비하이브에 남아서 지원하는 일을 맡아 달라고 했어요. 링은 마다가스카르의 환경이 어떤지 정보를 주고 키이라는 위성 추적 장치로 팀원들의 위치를 파

악하기로 했지요. 로넌은 실시간으로 물의 높이를 계산해서 가장 빠르게 대피할 수 있는 길이 어디인지 알려 주기로 했어요.

"딱 하나 명심해야 할 게 있다."

아이들이 막 떠나려는 순간 메이슨이 말했어요.

"한눈 팔지 말고 분별력을 잃지 말도록. 절대로 혼자 있으면 안 된다."

"이블루터스 때문이죠?"

메이슨의 당부를 들은 페르난다가 말했어요.

"물이 저렇게 넘치는데 이블루터스가 할 수 있는 일이 있겠어요?"

모가 말했어요.

"그건 직접 확인해 봐야 알겠지."

메이슨 애시가 말했어요.

"지금까지 봐 왔듯이 자연재해가 있는 곳에는 이블루터스가 항상 가까이 있었어. 명심하거라. 녀석들은 돈이 될 거리는 눈에 불을 켜고 찾아다니지. 그러면서 지구에 얼마나 많은 피해를 주든 전혀 신경 쓰지 않아.”

“지금 뭘 망설이고 있어? 벌써 카운트다운이 시작됐어. 48시간 안에 임무를 완수해야지.”

다윈 교수님이 말했어요.

범람원 위로 날아가다

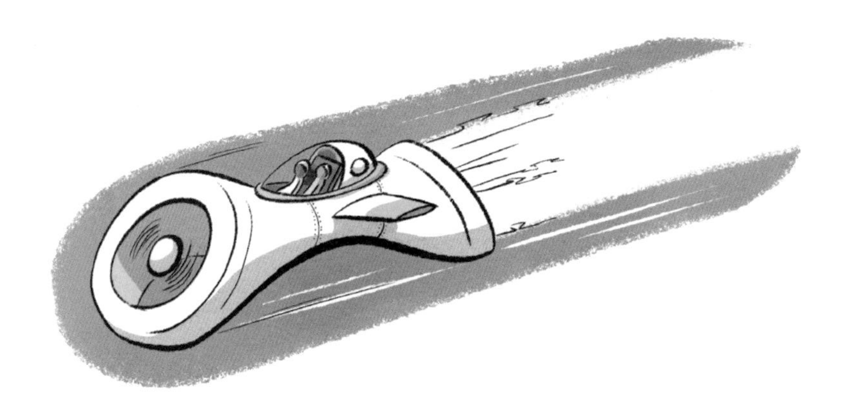

모와 페르난다는 에코 부스터에 탑승했어요. 에코 부스터는 글로벌 히어로즈를 어디든 데려다주는 친환경 비행기랍니다. 다원 교수님이 이미 에코 부스터를 아프리카 남동쪽 해변에 있는 마다가스카르섬으로 갈 수 있게 경로 설정을 해 놓았어요. 에코 부스터는 자율 주행으로 움직이기 때문에 아이들은 그저 편히 앉아 있으면 그만이었어요.

"행운을 빈다, 너희 둘 모두."

교수님의 목소리가 에코 부스터에 달린 무전기를 통해 들려왔어요.

"그리고 어디를 가든 배낭은 잊지 말고. 배낭에 추적 장치를 달아 놓았어. 배낭이 없으면 너희들이 어디에 있는지 알 수 없다고."

키이라가 다시 한번 당부했어요.

"언제 한번 꼭 마다가스카르에 가고 싶었는데. 야생에서 여우원숭이를 볼 수 있는 유일한 곳이거든. 여우원숭이를 비롯해 희귀한 동물이랑 식물이 얼마나 많은지 몰라."

모가 말했어요.

"그곳에 가면 여우원숭이를 많이 만날 수 있을 거야. 하지만 희귀한 동물들만 너희들의 도움을 필요로 하는 게 아니란다. 반려동물과 가축도 잘 살펴보렴."

다윈 교수님이 말했어요.

교수님은 아이들에게 라코토 박사님이 운영하는 동물 병원에 내리게 될 거라고 알려 주었어요.

"박사님과 소규모 연구팀이 동물들에게 필요한 먹이와 의료 보급품을 공수하느라 바쁘게 일하고 계신단다. 그래서 지금 너희들의 도움이 절실해."

"얼른 가야겠네요. 그렇지, 페르난다?"

모가 말했어요.

그런데 아무 대답도 돌아오지 않았어요. 모가 옆을 보니 페르난다는 이미 잠에 푹 빠져 있지 뭐예요.

"자율 주행 비행기에 타서 다행이야. 페르난다가 잠들어 버렸거든."

비하이브에 남아 있던 키이라와 친구들의 웃음소리가 무전기를 타고 흘러나왔어요.

"페르난다는 항상 그런다니까. 너도 잠을 자 두는 게 좋을걸. 마다가스카르에 도착하면 쉴 시간도 없을 거야."

키이라가 말했어요.

모가 에코 부스터 조종석 너머를 바라보았어요. 저 멀리 아래에 거대한 대륙이 휙 하고 지나가는 모습이 보였어요. 모는 아프리카이겠거니 생각했지만, 확실히는 알 수 없었답니다.

***

"모! 모! 일어나! 거의 다 온 거 같아."

페르난다가 모의 팔을 살며시 흔들며 말했어요.

"뭐? 어디라고?"

모가 눈을 뜨고 에코 부스터 창밖을 바라보며 말했어요.

"마다가스카르라고! 저기 좀 봐. 온통 물바다야."

저 멀리 아래에 수많은 건물이 물에 둘러싸여 있었어요. 고도가 높은 땅이 드문드문 보였지만, 대부분은 완전히 물에 잠겨 버렸지요. 마을 밖으로 이어지는 몇몇 길도 상황은 마찬가지였어요.

"저 엄청난 크기의 호수 좀 봐."

모가 말했어요.

"저건 호수가 아니야. 지도를 보니 두 개의 강으로 둘러싸인 농장이 있던 자리야."

페르난다가 정확한 정보를 알려 줬어요.

"강물이 불어나서 넘쳐 버렸구나. 너희도 보다시피 둑이 터지면서 거대한 범람원이 만들어진 거야."

링이 무전기로 말했어요.

범람원은 마을 뒤쪽으로 계속 이어졌어요. 높다란 나무와 이따금씩 보이는 건물, 드문드문 솟아 있는 땅을 보고 나서야 아이들은 호수가 아니라는 걸 실감했어요.

"도대체 왜 이런 일이 생긴 거지?"

모가 물었어요.

"사이클론 때문이야."

링이 비하이브에서 무전기로 말했어요.

"사이클론? 허리케인 같은 거야? 어렸을 때 브라질에서 허리케인을 만난 적이 있거든."

페르난다가 물었어요.

"사이클론, 허리케인, 태풍. 대체 뭐가 다른 거야? 너무 헷갈려."

모가 고개를 절레절레 저으며 말했어요.

"말은 다르지만 사실 모두 같은 거야."

링은 계속해서 자세히 알려 주었어요.

"사이클론은 수온이 따뜻한 열대 바다에서 만들어져. 따뜻한 물이 주위의 공기를 데우면, 공기가 빙글빙글 빠르게 회전하며 위로 올라가지. 그러다 공기가 식으면 커다란 소용돌이 모양의 구름이 생기는데, 이때 매우 강한 바람과 어마어마한 비가 함께 만들어지는 거야."

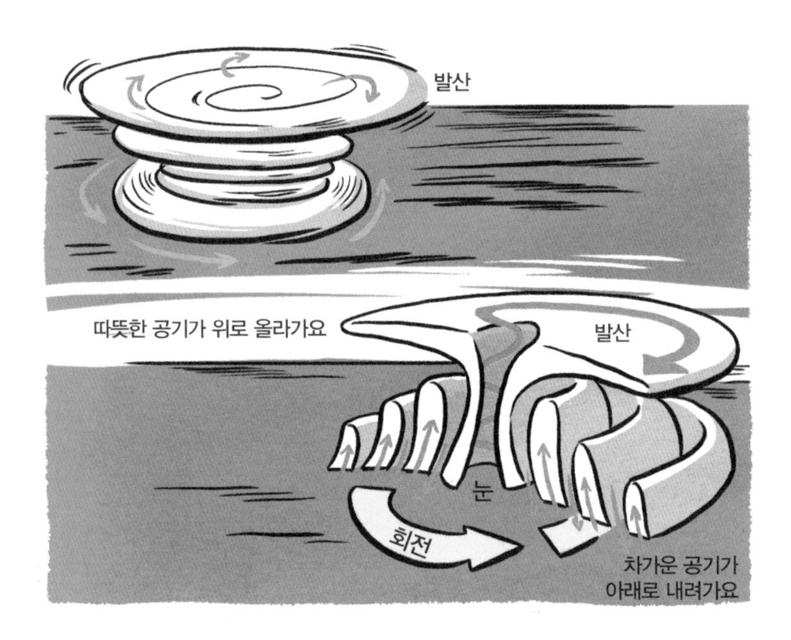

링은 또 사이클론이나 태풍, 허리케인 모두가 열대 바다에서 만들어지는 강력한 기상 현상이라고 했어요.

"그러니까, 태풍과 허리케인 둘 다 사이클론인 거네."

모가 말했어요.

"맞아! 만들어지는 지역에 따라 이름이 달라. 태풍은 주로 북서태평양 열대 바다에서 만들어져. 허리케인은 대서양 서부 카리브해와 멕시코만 그리고 북태평양 동부에서 발생하고, 사이클론은 인도양의 서북부 아라비아해와 동북부 벵골만에서 만들어지지. 사이클론의 거센 바람과 폭우가 육지에 닿으면 엄청난 재앙을 일으켜."

링이 자세히 설명해 주었어요.

아이들은 잠시 아무 말이 없었어요. 페르난다와 모는 사이클론이 일으킨 피해가 믿기지 않는다는 표정이었어요.

에코 부스터가 마을 위를 막 지났을 때, 홍수로 불어난 물에 자동차 두어 대가 물길을 따라 둥둥 떠내려가는 모습이 보였어요. 헬리콥터 한 대가 작은 오두막 위를 맴돌고 있는 모습도 아이들 눈에 들어왔어요.

오두막 지붕 위에는 한 가족이 옹송그리며 구조되기만을 기다리고 있었지요. 페르난다가 에코 부스터를 조종해

가까이 다가가 무슨 일인지 자세히 살펴보았어요.

"홍수가 이렇게 큰 문제를 일으킬 거라고는 전혀 생각하지 못했어."

모가 안타까워하며 말했어요.

모는 헬리콥터에서 구조 대원이 구조 사다리를 타고 천천히 내려가는 모습을 바라보았어요. 구조 대원은 지붕 위에서 엄마와 아기를 안전띠로 묶은 다음 헬기로 다시 돌아가서 조심조심 끌어 올렸지요.

"동물들을 찾으면 우리도 저렇게 해야 할 거야."

모가 말했어요.

"에코 부스터는 무거운 동물을 태워도 끄떡없지. 하지만 공간이 부족해서 많이 태울 수는 없어."

페르난다가 난색을 표했어요.

구조 대원이 오두막 지붕 위에 두 번 더 내려간 뒤에야, 마침내 가족 모두가 무사히 구조되었어요. 헬리콥터 조종사는 모와 페르난다에게 손을 흔들며 인사를 하고 헬리콥터에 새로 탄 승객들과 함께 떠났지요.

“우리도 얼른 가야겠다. 에코 부스터를 다시 자율 주행 모드로 돌려놓았어.”

페르난다의 말에 모가 고개를 끄덕였어요.

“빨리 가서 우리도 얼른 구조 임무를 시작하자. 다만 몇 마리의 동물이라도 안전한 곳으로 옮겨 주고 싶어.”

라코토 박사님

“라코토 박사님의 동물병원에 거의 다 왔어. 지금쯤 보여야 할 텐데.”

키이라가 무전기를 통해 말했어요.

“동물병원은 높은 지대에 있어. 수위가 계속 높아질 것 같지만 라코토 박사님이 병원 건물에 에코 부스터를 세워 놓으면 안전할 거라셔."

로넌이 말했어요.

"저기 동물병원이 보인다."

페르난다가 말했어요.

나무와 유리로 만든 현대식 건물이 보였고 그 뒤에는 창고와 농장 건물이 몇 개 더 있었지요. 연구실 복장을 한 여자가 창고 뒤에서 아이들을 향해 손을 흔들었어요.

"라코토 박사님이 틀림없어. 우리가 어디에 내리면 좋을지 알려 주고 계신 거야."

모가 말했어요.

페르난다는 에코 부스터를 조심스럽게 조종해서 창고 안으로 들어갔어요. 에코 부스터가 착륙하자, 박사님이 페르난다와 모를 반갑게 맞아 주었어요. 박사님은 목발을 하고 있었지요.

"안녕하세요, 라코토 박사님."

페르난다가 에코 부스터에서 내리며 인사했어요.

모가 배낭을 들고 페르난다 뒤를 따라 내렸지요.

“마다가스카르에 온 걸 환영한다. 만나서 반가워. 그런데 너희가 헛걸음한 건 아닌지 걱정되는구나.”

“무슨 말씀이세요? 우리가 너무 늦게 왔나요?”

모가 물었어요.

“그게 아니라 이것 때문에 그래!”

박사님은 붕대를 감은 다리를 가리켰어요.

"무슨 일이 있었어요?"

페르난다가 물었어요.

"혹소를 구하려다가 다리가 부러질 뻔했지 뭐야. 혹소는 이 지역에서 기르는 소란다. 너희들이 오면 같이 가서 홍수 때문에 꼼짝 못 하고 있는 동물들에게 먹이와 약을 전해 주려고 했지. 그런데 내가 지금 여기에서 꼼짝 못 하고 있단다."

"걱정 마세요. 박사님이 동물들에게 직접 가지 못하면 저희가 동물들을 여기로 데려올게요."

"그렇게 말해 주니 정말 든든하구나. 자, 이리 오렴. 병원을 보여 줄게."

페르난다와 모는 에코 부스터를 안전하게 세운 뒤, 라코토 박사님을 따라 위에서 보았던 현대식 건물로 건너갔어요. 안으로 들어가 보니 박사님의 조수 중 한 명이 의료 보급품 상자를 분주하게 열고 있었어요.

"너무 정신없어 보이지? 지금 막 배송되었거든. 앞으로 보급품이 더 올 거야. 이곳을 다녀갈 동물들이 많을 거라 미리 준비해 놓는 거란다."

박사님이 말했어요.

"지금 여기에도 동물이 많아요?"

모가 물었어요.

라코토 박사님은 페르난다와 모를 동물 우리가 있는 방으로 데려갔어요.

"여기에 고양이들이 있고 옆방에는 개도 있지. 양은 다른 건물에서 보호 중이야."

모가 쭈그리고 앉아 고양이에게 인사를 건넸어요. 한편으로 희귀한 동물을 보고 싶은 마음이 들었어요.

"혹시 여우원숭이도 있나요?"

모가 물었어요.

라코토 박사님은 고개를 저었어요.

"지금은 없어. 사실 조금 이상하기는 해. 지금쯤 몇 마

리는 구조되어서 병원에 왔어야 했거든. 너희들이 밖에 나가면 만날지도 모르겠구나."

박사님은 커다란 지도를 펼쳐 페르난다와 모에게 보여 주었어요. 박사님과 팀원들이 이미 갔던 곳이 표시되어 있었지만 동물들을 구조하러 가야 할 곳은 여전히 많이 남아 있었어요.

"여기서 시작하는 게 좋겠어요."

페르난다가 지도 위 작은 마을을 가리켰어요. 동물병원에서 꽤 가까운 곳이었지요.

"좋은 생각이야. 하지만 너희들이 직접 걸어가야 한단다. 우리가 보유한 시레니아호는 보급품을 가지러 가는 팀들이 타고 갔

거든."

라코토 박사님의 말을 들은 페르난다와 모는 배낭을 메고 동물을 운반할 가방도 들었어요.

"작은 동물을 찾으면 이 가방이 쓸모 있을 거야. 더 큰 동물이 보이면 배가 오기를 기다려야겠지만."

페르난다와 모는 라코토 박사님의 배웅을 받으며 마을로 향했어요.

* * *

마을은 지도에서 볼 때와 다르게 꽤 멀리 떨어져 있었어요. 페르난다와 모는 홍수로 불어난 물을 피해 겨우 마을에 닿았지요. 그런데 지반이 낮은 곳은 이미 물이 차올랐어요.

"그냥 배를 기다려야 할까 봐."

모가 말했어요.

"발이 젖을까 봐 걱정돼서 그런 건 아니고?"

페르난다가 놀리듯 말했어요.

하지만 아이들은 첫 번째 오두막 쪽으로 물을 헤치고 가면서 발만 젖지는 않을 거라는 걸 깨달았어요. 물이 이미 허리까지 차올랐거든요.

"생각보다는 재미없는걸."

모가 말했어요.

"여벌 옷을 가져와서 다행이야."

페르난다가 말했어요.

오두막에는 동물이 없었지만, 가져온 가방을 놓을 안전한 공간은 있었어요.

"마을을 탐색하는 동안 가방을 여기에 놔두자."

페르난다가 말했어요.

그때 모의 배낭에서 희미한 목소리가 들렸어요.

"키이라야. 페르난다, 무전기 좀 꺼내 줄 수 있어?"

모는 페르난다가 배낭에서 무전기를 꺼내는 동안 잠자

코 있었어요.

"키이라 안녕, 우리는 마을에서 길 잃은 동물을 찾기 시작한 참이야."

페르난다가 무전기에 입을 대고 말하기 버튼을 누르며 말했어요.

"그럼 내가 제때에 연락한 거네. 모 배낭에 내가 새로 만든 추적 장치를 넣어 두었거든. 너희들 근처에 동물들이 있으면 신호를 보낼게."

키이라가 말했어요.

"고마워! 정말 도움이 많이 될 것 같아."

페르난다가 말했어요.

"물에 떨어뜨리지 않게 조심만 하면 돼."

키이라가 큭큭 웃었어요.

모는 키이라가 하는 말에 얼굴이 화끈거렸어요. 얼마 전에 추적 장치를 북극해에 빠뜨린 적이 있었거든요.

"그건 내 잘못이 아니야. 북극곰에게 쫓기고 있었다고."

모가 변명하듯 말했어요.

수색

모가 배낭에서 추적 장치를 막 꺼내려는데, 쾅 하고 큰 소리가 들렸어요.

“다른 오두막에서 들려오는 소리인데.”

페르난다가 말했어요.

“아직은 추적 장치가 없어도 금방 찾겠어.”

모가 말했어요.

"큰 동물을 데려갈 수 있는 이동 가방이 필요할지도 몰라. 뭐가 됐든 소리가 어마어마한데."

페르난다가 말했어요.

아이들이 휘적휘적 길을 건너는 사이, 페르난다가 걱정스러운 표정으로 모를 바라보았어요.

"위험한 동물은 아니겠지?"

페르난다가 묻자 모는 잠시 생각에 잠겼어요.

"아마 아닐 거야. 마다가스카르에는 위험한 동물이 많지 않아."

모가 대답했어요.

그때 또다시 무언가 충돌하면서 내는 소리가 요란하게 들렸어요.

"저기에서 나는 소리야. 내가 가서 볼게."

모가 오두막 하나를 가리켰어요.

"조심해."

페르난다가 주의를 주었어요.

모는 천천히 오두막으로 가서 창문 안을 살펴보았어요.

"무언가 보이는 것 같아. 그런데 그게 뭔지는 확실히 모르겠어……."

그때 갑자기 커다란 물체가 문을 부수고 튀어나왔어요. 모가 비명을 지르며 한쪽으로 재빨리 몸을 피했지요. 그 순간 거대한 생명체가 모 옆으로 쌩하고 돌진하더니 여기저기에 물을 튀기고는 몇 미터 달린 뒤 멈춰 섰어요.

페르난다는 언뜻 보고 젖소나 수소라고 생각했지만, 혹이 있고 기다란 뿔이 돋은 모습을 보니 다른 동물임이 틀림없었어요.

"저게 뭐지?"

"혹소야. 여우원숭이처럼 마다가스카르를 상징하는 동물이지."

혹소는 경계하는 눈빛으로 아이들을 바라보았어요.

"괜찮아. 이제 안전해."

모가 나긋나긋한 목소리로 혹소를 달랬어요. 그러고는 손을 뻗으며 혹소를 향해 천천히 걸어갔지요. 모는 혹소의 머리를 살며시 쓰다듬었어요.

"오두막에 갇혀 있었던 게 분명해. 괜찮아 보이기는 하지만, 안전하게 동물병원으로 데려가자."

"그런데 어떻게 데려가지?"

페르난다가 물었어요.

"밧줄이 있으면 좋을 텐데."

모가 대답했어요.

페르난다가 의료 가방에서 붕대 뭉치를 꺼냈어요.

"이건 어때?"

모가 붕대 한쪽을 혹소의 뿔에 둘둘 감았어요.

그리고는 다른 한쪽을 자신의 손목에 말았지요.

“이렇게 해도 괜찮겠지? 다른 손으로 이동 가방을 들면 되니까.”

모가 말했어요.

“키이라가 만들어 준 추적 장치도 다시 배낭 속에 넣자. 안 그러면 손이 모자랄 거야. 더 이상 잃어버리는 사고는 없어야 하잖아.”

페르난다가 말했어요.

살펴봐야 할 오두막은 얼마 남지 않았고, 그마저도 대부분은 비어 있었어요. 그러다 마지막 오두막에서 살아 있는 동물의 낌새가 느껴졌지요.

“선반에 웅크린 채 잠들어 있지 뭐야.”

페르난다는 고양이 한 마리를 품에 안고 나왔어요.

페르난다가 고양이를 이동 가방 안에 넣자 고양이는 큰 소리로 야옹 하고 울었어요.

"어, 잠에서 깨어 버렸네. 아무래도 배가 고픈가 봐. 다음에 올 때에는 먹을거리도 꼭 가져와야겠어."

모가 다짐하듯 말했어요.

***

아이들이 돌아갈 준비를 끝냈을 즈음, 수위는 더 높아지고 있었어요.

"요 두 마리를 제때에 잘 구한 것 같아."

페르난다가 말했어요.

물 가장자리로 걸어가던 모와 페르난다는 그새 주변 풍경이 바뀌었다는 것을 알아차렸어요. 물이 더 넓게 퍼져 있었어요. 아까 보았던 나무들은 이제 호수에서 자라는 식물처럼 보였어요.

"위험에 처한 동물이 더 보이지 않아서 다행이야. 지금 우리가 더 구하기엔 아무래도 좀 벅차잖아."

모가 말했어요.

"라코토 박사님 배가 있었다면 더 쉬웠을 텐데. 그러면 이동 가방을 더 가져와서 다른 동물들을 찾는 동안 구조한 동물들은 안전한 곳에서 보호할 수 있었을 거야."

"박사님 배는 어떻게 생겼을까?"

모가 물었어요.

"아마 저런 모터보트가 아닐까."

페르난다가 가리킨 모터보트는 나무 근처에서 조용히 흔들리고 있었어요. 보트 앞쪽에는 남자 두 명이 서 있었고, 뒤쪽에는 상자 같은 것이 여러 개 쌓여 있었어요.

"뭘 하고 있는 거지?"

모가 물었어요.

"나도 잘 모르겠어. 내 쌍안경으로 자세히 보자."

모는 페르난다의 배낭에서 쌍안경을 꺼냈어요. 그러고는 두 남자에게 초점을 맞췄지요.

"나무에 여우원숭이가 있어. 저 사람들이 원숭이를 구해 주려나 봐."

모가 외쳤어요.

"홍수가 나면서 나무 위에 갇힌 게 틀림없어. 라코토 박

사님이 여우원숭이가 동물병원에 온 걸 아시면 무척 기뻐하실 거야."

페르난다가 말했어요.

아이들은 남자들이 나무에서 여우원숭이를 구조해서 상자 안에 넣는 모습을 바라보았어요.

"안녕하세요!"

모가 큰 소리로 인사했어요. 남자들이 뒤를 돌아보자, 모가 손을 흔들었지요. 하지만 남자들은 손을 흔들지 않았어요. 한 명은 쭈그리고 앉았고, 다른 한 명은 보트를 몰기 시작했지요. 요란한 소리와 함께 모터보트가 사방에 물을 마구 튀기며

급하게 자리를 떴어요.

"이상하네, 저 사람들 뭘 하고 있었던 걸까?"

페르난다가 물었어요.

"수상해. 게다가 동물병원으로 가는 방향도 아니야."

모가 대답했어요.

시레니아호

동물병원은 시레니아호에 실린 보급품을 내리는 사람들로 분주했어요. 모와 페르난다도 제때에 도착해서 일손을 도왔지요.

"평소에는 저 강까지 가서 가져와야 했는데 홍수가 나서 시레니아호를 여기까지 댈 수 있게 되었어."

라코토 박사님이 동물병원 가까이까지 차오른 물을 보며 말했어요.

짐을 내리는 동안 페르난다는 박사님에게 마을에서 보았던 남자들에 대해 이야기했어요.

"밀렵꾼을 본 것 같구나. 야생 동물을 잡아서 파는 사람들이야."

"미리 알았어야 했는데."

모가 말했어요.

"그런 짓을 하는 사람들을 전에도 본 적이 있어요. 하지만 이런 상황에 마다가스카르에서 볼 거라고는 생각도 못했어요."

페르난다가 털어놓았어요.

라코토 박사님은 여우원숭이 사냥이 불법이라고 알려주었어요. 마다가스카르에서는 여우원숭이를 반려동물로 키우는 것도 금지라고 했어요.

"그렇다고 여우원숭이 사냥을 막지는 못해. 잡아먹거나

아니면 팔려고 몰래 사냥을 하지."

"그런데 왜 자연재해가 일어났을 때 이런 일이 더 자주 생기는 거예요?"

모가 물었어요.

"마다가스카르에 사는 사람들 대부분이 매우 가난하기 때문이란다. 이들은 가족들을 먹여 살리느라 몹시 힘들게 살고 있지."

박사님이 말했어요. 홍수가 멈춰야 사람들이 평소 하던 대로 일하며 돈을 벌 수 있다고도 했어요. 농장에 물이 넘쳐서 농사를 망쳐 버리면 사람들은 먹고살기 위해 다른 방법을 찾을 수밖에 없다면서요.

"그 방법 중 하나가 여우원숭이 같은 동물들을 잡는 거군요."

페르난다가 말했어요.

"그래, 맞다. 끔찍하게 들리겠지만, 왜 일부 가난한 농부들이 이런 일을 하는지 이해가 가기는 해."

페르난다는 라코토 박사님의 말이 무엇을 뜻하는지 알 수 있었어요. 사람들에게는 여우원숭이를 야생에 내버려 두는 것보다 가족들을 먹여 살리는 것이 더 중요하다는 것을요. 모도 이해했어요. 하지만 무언가 계속 신경이 쓰였어요. 지금 당장은 그것이 무엇인지 콕 집어 말할 수 없었지만요.

***

시레니아호는 아이들이 이전에 본 것 같은 멋진 모터보트가 아니었어요. 하지만 완전히 친환경적이었지요. 지붕이 태양 전지판으로 만들어져 물을 오염시키는 연료를 쓰지 않았어요.

"다윈 교수님이 설계하셨고, 메이슨 애시 씨가 2년 전에 기증한 거란다. 배 이름은 마다가스카르의 강과 바다에서 볼 수 있는 커다란 동물의 이름을 따서 지었어."

라코토 박사님이 설명해 주었어요.

"사람들이 종종 '바다소'라고도 부르지만 시레니아가 배

이름으로는 더 나은 것 같아요."

모가 덧붙였어요.

"얼른 타고 싶어. 속도는 어때요? 빨라요?"

페르난다가 물었어요.

"이 배는 속도를 내도록 만들지는 않았단다. 동물과 보

급품을 나르기 위해 만든 것이니까."

시레니아호에는 자리가 두 개밖에 없었지만, 안에 혹소 두어 마리쯤은 충분히 실을 수 있는 공간이 있었어요. 이동 가방과 음식, 약품도 많이 실려 있었지요.

"제가 운전해도 돼요?"

모가 물었어요.

"운전은 내 일 같은데? 하지만 운전보다는 조종한다고 말하는 게 맞는 것 같아."

페르난다가 씩 웃으며 말했어요.

라코토 박사님은 아이들에게 건물에 갇힌 동물이 없는지 유심히 살펴보아야 한다고 일렀어요. 나무나 덤불에 걸려서 꼼짝 못 하는 동물들도 찾아봐야 한다고 했고요.

"수위가 점점 더 높아질 거야. 그러니 지금은 동물들이 안전해 보인다 해도 나중을 생각하면 당장 도와야 할 수도 있어."

시레니아호가 막 출발하려는데, 라코토 박사님이 배 위

에 마실 물이 있다고 다시 한번 알려 주었어요.

"다른 물은 마시면 안 된다. 홍수로 불어난 물에는 식수를 오염시키는 병균이 있을지도 몰라. 그런 물을 마시면 병이 날 수 있어."

"박사님, 고맙습니다. 얼른 동물들을 구조해서 데려오면 좋겠어요."

페르난다가 배의 시동을 걸며 말했어요.

"아까 남자 두 명이 타고 있던 모터보트만큼 시끄럽지 않은걸."

모는 시레니아호가 뱃머리를 돌리는데, 배에서 거의 소리가 나지 않는 것을 보고 감탄했어요.

그때 모의 머릿속에 무언가가 퍼뜩 떠올랐어요. 여태껏 계속 신경 쓰였던 것이 무엇이었는지 깨달았지요.

"라코토 박사님이 그러셨잖아, 홍수 때문에 살기 어려워진 농부들이 가족들을 먹여 살릴 다른 방법을 찾아야 한다고."

"맞아. 그래서 우리도 그 점은 이해한다고 했지."

페르난다가 말했어요.

모가 고개를 절레절레 흔들었어요.

"그런데 우리가 본 그 남자들은 가난한 농부들이 아니었어. 가난한 농부들은 위장복을 입지도 않고 커다란 모터보트로 요란하게 다니지도 않아."

"그렇다면 그 사람들은…… 이블루터스라는 날이잖아!"

페르난다와 모는 잠시 서로를 쳐다보더니 소리를 질렀어요.

"비하이브에 무전을 칠게."

모가 말했어요.

"보아하니 무슨 일이 있는 것 같은데, 이블루터스가 무언가 못된 짓을 하려는 게 틀림없어."

로넌이 무전기 너머로 말했어요.

"로넌 말이 맞아. 하지만 증거가 필요해. 사진을 찍거나 입증할 만한 걸 가져와야 한다고."

링이 말했어요.

"최선을 다할게. 하지만 우선 이블루터스의 모터보트부터 찾아야 해. 모터보트는 어디든 갈 수 있으니까. 지난번에는 운이 좋아서 어쩌다 마주친 거야."

모가 대답했어요.

"추적 장치를 써 봐. 추적 장치는 살아 있는 건 무엇이든 신호를 잡는다는 사실을 명심해."

키이라의 목소리가 무전기 너머에서 들려왔어요.

"물론이지. 동물은 파란색 삼각형이고 사람은 빨간색 삼각형이잖아."

모가 추적 장치의 전원을 켜며 말했어요.

"맞아. 그리고 초록색 삼각형은 너희들이 있는 곳이고."

키이라가 덧붙여 말했어요.

바로 그때, 추적 장치에서 삐 소리가 났어요.

"벌써 뭔가 찾아낸 모양인데."

모가 심각하게 말했어요.

낯익은 얼굴

페르난다는 추적 장치를 유심히 살펴보았어요. 화면 맨 위에 수많은 파란색 삼각형이 보였어요.

"우아! 저게 다 뭐지?"

"저 건물에서 보내는 신호 같아."

모가 말했어요.

멀지 않은 곳에 풀이 잔뜩 돋아난 강둑이 있었고, 강둑 위로 커다란 건물이 몇 개 보였어요. 건물까지는 물이 차지 않았지만, 주변은 완전히 물에 잠겨 있었어요.

"농장인가 봐. 그래서 파란색 삼각형이 그렇게 많이 나온 거구나. 그런데 사람이 있다는 신호는 보이지 않아. 홍수가 나서 주인은 떠난 모양이야."

모가 말했어요.

페르난다는 홍수로 불어난 물 너머 농장 방향으로 배를 조심스럽게 몰았어요.

“배를 가능한 한 가까이 대 볼게.”

모와 페르난다는 시레니아호를 안전한 곳에 대고, 농장으로 들어갔어요.

“너무 조용한데. 그리고 주위에 아무도 없는 것 같아. 탈출할 때 모두 떠난 게 분명해.”

페르난다가 말했어요.

“추적 장치를 보면 건물에 분명히 뭔가 있다고 나와. 엄청나게 많은 신호가 떠.”

아이들은 마당을 건너갔어요. 헛간 앞에 도착하자, 모는 조심스레 문을 열고 안을 들여다보았어요.

그 순간 조용하던 헛간에서 갑자기 요란한 소리가 울려 퍼졌어요.

“닭이다! 닭이 엄청나게 많아.”

모가 재빨리 문을 닫으며 말했어요.

모와 페르난다가 이동 가방을 가지러 시레니아호로 가

는 동안, 페르난다는 비하이브에 무전기로 닭을 발견했다고 알려 주었어요.

"잘했어."

링이 말했어요.

"닭들을 모두 안전한 동물병원으로 데리고 갈 거야."

페르난다가 말했어요.

"빨리 가야 할 것 같아. 다윈 교수님이 걱정하시거든."

링이 거들었어요. 그러면서 폭우 예보가 있다고 알려 주었어요. 곧 수위가 더욱 높아질 거라고 했어요.

***

동물 이동 가방을 닭장으로 가지고 온 후, 모와 페르난다는 열심히 닭을 잡았어요.

"생각보다 어려운데. 닭들이 잡힐 생각을 하지 않아."

모가 투덜댔어요.

그러자 페르난다에게 좋은 생각이 떠올랐어요.

"먹이! 닭들은 아마 배가 고플 거야. 전에 발견한 고양이도 그랬잖아."

모는 시레니아호로 달려가며 닭들에게 줄 모이가 배에 있기를 바랐어요. 다행히 사물함 중 하나에서 커다란 모이 주머니를 찾아냈어요. 모와 페르난다는 바닥에 닭 모이를 조금씩 뿌렸어요. 그런 다음 이동 가방 안에도 모이를 뿌렸지요. 닭들이 가방 안으로 들어가자마자 아이들은 이동 가방 문을 재빠르게 닫았어요.

닭들을 한데 모아 놓고 시레니아호에 안전히 싣기까지는 그리 오랜 시간이 걸리지 않았어요.

"이제 라코토 박사님 병원으로 안전하게 데리고 가자. 곧 폭풍이 올 것 같아."

페르난다가 말했어요.

저 멀리 산 위에 먹구름이 모여 점점 커지고 있었어요.

"다행히 비가 오기 전에 병원에 도착할 것 같아."

모가 말했어요.

* * *

얼마 못 가서 모의 눈에 무언가가 띄었어요.

"저것 봐! 다른 모터보트야. 속도가 엄청나."

모터보트에는 한 사람만 타고 있었는데, 전에 보았던 배처럼 뒤쪽에는 상자가 여러 개 쌓여 있었어요. 배가 물 위에서 속력을 내며 요란하게 지나가자, 닭들이 깜짝 놀랐어요. 모두 겁에 질려 꼬꼬댁거리며 날개를 퍼덕였지요.

모가 닭들을 달래려는데, 그 순간 물 위에 무언가가 떠다니는 게 보였어요. 모터보트 뒤에 있던 상자 하나가 떨어진 거예요. 모는 갈고리가 달린 기다란 막대로 상자 끝을 잡아 끌어당겼어요.

상자 위의 작은 구멍에서 무슨 소리가 들렸어요.

"이것 좀 봐."

모가 외쳤어요. 하지만 페르난다는 돌아보지 않았어요. 모터보트가 갑작스레 멈추더니 배에 타고 있던 남자가 호기심 어린 눈빛으로 아이들을 바라보고 있었거든요. 남자

와 페르난다는 서로를 빤히 쳐다보는 중이었어요.

"무슨 일이야?"

모가 물었어요.

"저 남자 말이야. 전에 분명히 본 적이 있어."

페르난다는 배낭에서 카메라를 꺼내 사진을 찍기 시작했어요. 그 사이에 남자는 어디론가 무전을 쳤어요.

모는 물에서 낚은 상자를 페르난다에게 보여 주었어요.

"저 배에서 떨어졌어. 돌려주기를 바라는 것 같아."

모가 상자를 들어 올리자 남자도 상자를 보았어요. 하지만 가지러 오는 대신, 남자는 갑자기 모터보트의 시동을 켜더니 맹렬한 기세로 멀리 가 버렸어요.

"급한 일이 있나 봐. 상자를 받으러 올 생각도 안 하고 말이야."

모가 말했어요.

"나 이 남자 누군지 알았어. 이블루터스 멤버인 캡틴 랜섬이야. 브라질에서 본 적이 있어. 여기서 뭘 하고 있었던 걸까?"

페르난다는 카메라의 화면을 바라보며 말했어요.

"그 대답은 아마 이 상자에 있을지도. 뭔지 알았어. 얼른 다른 사람들을 불러야겠어."

모는 조심스럽게 상자 뚜껑을 열어 안을 들여다보며 말했어요.

깊은 물속에서

"여우원숭이야!"

모가 기뻐하며 소리쳤어요.

상자에 있던 여우원숭이가 나오더니 모의 팔을 지나 어깨 위에 앉았어요.

"너를 좋아하는 것 같아."

페르난다가 여우원숭이를 카메라로 찍으며 말했어요.

“비하이브에 사진을 보내야겠어. 캡틴 랜섬의 사진도 같이.”

페르난다가 말했어요.

“더 많은 증거가 필요해. 그래도 시작은 괜찮아.”

링이 무전기 너머로 말했어요

“그 선장 다시 만날 줄 알았어.”

무전기에서 로넌의 목소리가 들렸어요.

“캡틴 랜섬이 야생 동물을 잡으러 다닌다는 사실이 별로 놀랍지 않아. 돈을 위해서라면 무엇이든 하니까.”

키이라가 거들었어요.

“캡틴 랜섬이 얼마나 위험한 인물인지는 우리도 잘 알지. 그러니 특히 더 조심해야 한다.”

다윈 교수님도 말을 덧붙였어요.

“걱정 마세요. 조심할게요.”

페르난다가 말했어요.

이블루터스 주요 인물 능력치
캡틴 랜섬
속임수: 96
지구 오염 수준: 77
교활함: 78
탐욕: 101
미래 환경 위협: 88

모는 아무 말이 없었어요. 배 앞에 앉아 무언가를 쳐다보고 있었지요. 페르난다는 뭘 보고 있는지 궁금했어요.

"캡틴 랜섬이 어느 방향으로 갔는지 알아보고 있어. 다른 이블루터스가 있는 곳을 알아낼 수도 있잖아. 만일 그렇다면 이번이 이블루터스를 막을 수 있는 유일한 기회일지도 몰라."

모가 말했어요.

페르난다가 잠시 생각에 잠겼다가 말했어요.

"네 말이 맞아. 뭘 알아낼 수 있는지 찾아보자."

모는 키이라가 준 추적 장치 전원을 켜고 페르난다 옆에 앉았어요. 그때 비가 한두 방울씩 떨어지기 시작했어요. 커다란 먹구름은 점점 더 커지고 있었지요.

"날씨가 더 나빠지기 전에 얼른 가야 할 텐데."

모의 바람이 무색하게, 얼마 지나지 않아 비가 쏟아졌어요. 바로 그때, 추적 장치에서 삑 소리가 났어요.

"화면에 파란색 삼각형이 많이 보여."

모가 다급하게 말했어요.

"생명이 있다는 신호야. 사람들 신호는 아직 없지?"

페르난다가 말했어요.

"응, 아직 보이지 않아."

모가 대답했어요.

페르난다가 커다란 바오바브나무 사이로 시레니아호를 조종하는 사이, 모는 건물을 유심히 살펴보았어요.

"저기다! 또 다른 농장 같아. 그런데 저기에도 사람이 있다는 신호는 없어."

"이상하네."

페르난다가 배를 가까이 대면서 말했어요.

“저기 모터보트가 있는데도 사람 신호는 없어.”

모가 추적 장치의 화면을 다시 바라보더니 고개를 절레 절레 저었어요.

“아마 다른 보트로 모두 옮겨 간 모양이야.”

페르난다는 시레니아호를 모터보트 옆에 정박시키고 물가에 발을 내디뎠어요.

“빨리 움직여야 해. 수위가 점점 높아지고 있어. 물살도 빨라지고 있고.”

“추적 장치에는 동물들이 저 목조 건물에 있다고 나와. 철제 지붕 건물에는 아무것도 없고.”

모가 말했어요.

***

목조 건물 안으로 들어간 페르난다와 모는 제대로 찾아 왔다고 생각했어요. 건물은 동물 우리로 가득했거든요. 모

는 추적 장치를 내려놓고 안을 둘러보았어요. 어떤 우리에는 여우원숭이가 들어 있었고, 다른 우리에는 알록달록한 새가 있었지요.

"이블루터스가 돌아오기 전에 동물들을 시레니아호로 데리고 가자."

모가 말했어요.

페르난다가 고개를 끄덕였어요. 아이들은 우리를 들어

배로 옮기기 시작했지요. 시간이 꽤 걸렸지만 마침내 마지막 하나까지 무사히 배에 실었어요.

"우리가 제때에 이 일을 해낼 줄이야."

페르난다가 말했어요.

그런데 바로 그때, 배의 엔진 소리가 들렸어요. 소리의 방향을 들어 보니 모와 페르난다를 향해 오고 있었지요.

"너무 선불리 말했는걸. 이블루터스가 오고 있어."

모가 말했어요.

"시레니아호를 타고는 저들을 따돌릴 수 없어. 어떻게 하지?"

페르난다가 물었어요.

"내가 비하이브에 연락할게. 그러면 거기서 경찰을 부를 수 있을 거야."

모가 말했어요.

"그거 좋은 생각이다. 경찰이 여기에 올 때까지 숨어 있으면 돼."

“링, 경찰을 불러 줘야겠어.”

모가 무전기에 대고 말했어요.

하지만 모가 다음 이야기를 꺼내기도 전에, 누군가 모의 손에서 무전기를 채 갔어요.

“이리 내!”

뒤에서 누군가의 목소리가 들렸어요.

고개를 돌린 모의 눈앞에 캡틴 랜섬이 나타났어요.

“뛰어!”

페르난다가 모의 팔을 잡고 소리쳤어요.

겨우 몇 발짝 뛰었을까, 아이들이 갑자기 멈춰 섰어요. 모터보트에 타고 있던 이블루터스 두 명이 아이들을 향해 걸어오고 있었거든요. 한 명은 모의 배낭을, 다른 한 명은 페르난다의 배낭을 시레니아호에서 꺼내 왔어요.

"내가 뭘 찾아냈는지 보렴."

여자 목소리가 들렸어요.

"우리가 동물들을 보관하고 있던 헛간에 있던데."

여자는 남자들과 같은 위장복을 입고 있었어요. 손에는 키이라의 추적 장치를 들고 있었지요.

"이걸 어떻게 할까요, 대장님?"

여자가 물었어요.

"우리가 가지고 있어야지. 나머지 도구는 물속에 버리도록."

캡틴 랜섬이 씩 웃으며 말했어요.

"그게 무슨 말이에요? 우리를 어떻게 하려고 그래요?"

모가 소리를 질렀어요.

"너희들은 여기에 놔두고 간다. 우리를 방해하게 두고 싶지 않거든."

캡틴 랜섬이 말했어요.

"우리 배에 짐을 실어 줘서 고맙구나."

여자가 말했어요.

"이봐! 그건 라코토 박사님의 배란 말이야!"

모가 외쳤어요.

이블루터스는 모와 페르난다의 도구를 물속에 빠뜨리며 깔깔 웃었어요. 캡틴 랜섬은 배낭을 물가에 던져 버렸지요. 페르난다가 얼른 달려가 배낭을 집었어요.

"남은 거라고는 물이랑 의료 용품뿐이야."

페르난다가 울상을 지었어요.

“무전기도 가져가 버렸어. 이러면 도움을 요청할 수 없잖아. 이제 진짜 물에 갇히고 만 거야.”

모도 낙담한 듯 말했어요.

“물이 점점 차오르고 있어. 수위가 높아지고 있다고.”

페르난다는 다급해졌어요.

“물살이 너무 강해서 수영도 할 수 없어. 휩쓸려 버리고 말 거야.”

“우린 갇힌 거라고! 그리고 우리가 어디에 있는지 아무도 몰라.”

페르난다와 모는 커다란 위기를 맞았어요.

낚아 올리다

모와 페르난다는 탈출에 도움이 될 만한 것이 없는지 찾으러 다녔어요. 철제 지붕 건물에는 가 본 적이 없기 때문에 그곳을 먼저 뒤져 보았지요.

"지붕이 철로 되어 있어서 추적 장치가 말을 듣지 않았던 게 분명해. 캡틴 랜섬하고 그 여자가 내내 여기에 있었던 거야."

어떤 방에서는 침낭이 나왔어요. 다른 방에는 작은 버너와 냄비, 프라이팬 등이 있었지요.

"이블루터스가 여기에 살고 있었나 봐."

페르난다가 말했어요.

"다시 돌아오지는 않을 거야. 원하는 걸 손에 넣었으니까."

모가 말했어요.

"우리가 이블루터스를 막을 방법이 반드시 있을 거야."

페르난다가 이렇게 말한 순간, 모가 무슨 소리를 들었어요.

"무슨 소리지?"

아이들은 동시에 걸음을 멈추고 귀를 기울였어요. 들리는 소리라고는 철제 지붕을 때리는 빗소리뿐이었지요. 페르난다가 고개를 흔드는 순간, 또 소리가 들렸어요.

"누군가 큰 소리로 외치고 있어."

"이블루터스일지도 몰라."

모가 말했어요.

바로 그때, 문이 벌컥 열리더니 누군가 달려 들어왔어요.

"로넌! 키이라! 이게 무슨 일이야?"

페르난다가 깜짝 놀라서 소리쳤어요.

"인사나 하려고 들렀지."

로넌이 능청스럽게 말했어요.

"당연히 너희를 구하러 왔지. 다윈 교수님이 우리를 보내셨어."

키이라가 말했어요.

로넌은 교수님이 몹시 걱정하고 있었는데, 이 일이 이 블루터스와 엮여 있다는 것을 알고는, 모와 페르난다에게 도움이 필요할 것 같다며 자신들을 여기로 보낸 거라고 말했어요.

"우리를 어떻게 찾았어?"

모가 물었어요.

"네 배낭."

키이라가 대답했어요.

"당연히 배낭에 달아 놓은 추적 장치를 따라왔겠구나?"

페르난다가 거들었어요.

"얼른 이블루터스를 막아야 해. 우선 여기에서 빠져나가자. 이블루터스가 우리 배를 가져갔고 에코 부스터는 라코토 박사님 창고에 있어."

모가 말했어요.

"박사님 창고에 가서 가지고 왔지."

키이라가 말했어요.

"그럼 이제 이블루터스를 어떻게 하면 막을 수 있는지 방법만 찾으면 돼."

모가 말했어요.

로넌은 고개를 이리저리 돌리며 도움이 될 만한 물건이 없는지 살폈어요. 모는 고리와 밧줄을 가리켰지요.

"아주 좋아! 저 고리도 필요하겠다."

로넌은 밧줄 양 끝에 각각 고리를 묶으며 말했어요.

"이제 에코 부스터 바닥에 이 밧줄을 묶는 거야."

"낚시하러 가는 것 같아."

페르난다가 말했어요.

“맞아, 이블루터스를 낚으러 가는 거지.”

로넌이 말했어요.

＊＊＊

이윽고 에코 부스터 두 대가 슝 하니 홍수로 불어난 물 위를 지나갔어요.

“배가 있는지 잘 살펴봐야 해.”

로넌이 말했어요.

“내가 보기에 이블루터스는 더 큰 배를 타러 해변으로 갈 것 같아.”

“경찰도 그쪽으로 가고 있어.”

링이 에코 부스터에 달린 무전기로 말했어요.

"너희들은 경찰이 올 때까지 이블루터스의 속도를 늦춰야 해."

얼마 후, 에코 부스터에서 내려다보니 이블루터스의 모습이 보였어요.

"저기에 있다."

모가 큰 소리로 외쳤어요.

"그리고 경찰도 있어."

키이라도 거들었어요.

저 멀리에서 경찰이 이블루터스를 향해 가고 있는 모습이 보였어요. 이블루터스의 배가 경찰들 사이에서 막 잡히려던 참이었지요.

"이제 이블루터스가 도망갈 곳은 아무 데도 없어."

페르난다가 말했어요.

"그래도 저들은 어떻게든 시도할 것 같아."

로넌이 말했어요.

"저길 봐!"

모터보트 중 하나가 시레니아호와 나란히 달렸어요. 아이들이 지켜보는 사이, 캡틴 랜섬이 모터보트 위로 훌쩍 뛰어올랐지요.

"시레니아호를 버렸어."

키이라가 말했어요.

"캡틴 랜섬이 도망가고 있어. 저번이랑 똑같이."

페르난다가 소리쳤어요.

"그렇게 되지 않을 거야. 이제 낚시를 할 시간이거든."

로넌이 끼어들었어요.

배 두 대가 속도를 올리더니 물살을 가르며 멀어졌어요. 모터보트는 빨랐지만, 에코 부스터를 따돌릴 수는 없었지요. 로넌이 다른 배를 쫓는 사이 페르난다도 바로 뒤에서 맹렬히 추격했어요.

로넌의 에코 부스터에 매달려 있던 고리는 손쉽게 뱃머리를 들어 올렸어요. 페르난다도 다른 배의 뒤쪽에 고리를 걸었지요.

"잡았다."

로넌과 페르난다는 물에서 배를 들어 올렸어요. 배 안에 있던 이블루터스들은 허둥지둥하며 매달렸지요. 로넌이 조종하는 에코 부스터는 공중에서 맴돌았고, 캡틴 랜섬이 타고 있던 배는 그 아래에서 얌전하게 흔들렸어요.

해양 경찰

경찰선이 배를 따라잡자, 아이들은 이블루터스의 배를 물에 다시 내려놓았어요.

"좋아, 이제 라코토 박사님의 배를 동물병원에 되돌려 놓자."

모가 말했어요.

"그러고 나서 동물들을 모두 돌봐야 해. 무엇보다도 그게 우리가 해야 할 일이니까."

페르난다가 말했어요.

"미안하구나. 그 일은 다른 누군가에게 맡겨야겠다. 이제 너희들 모두 비하이브로 돌아올 시간이야."

다윈 교수님이 무전기로 말했어요.

모와 페르난다는 끙 소리를 냈지만, 이제 더 이상 할 수 있는 일이 없다는 걸 알고 있었어요. 임무는 이제 끝이 났답니다.

* * *

비하이브로 돌아온 아이들은 모두 조종실에 모였어요. 모와 페르난다는 바로 돌아와야 해서 실망이 이만저만이 아니었지만, 메이슨 애시가 아이들을 달래 주었지요.

"너희들 임무는 아주 성공적으로 끝났다. 이블루터스를 막았고, 동물들도 구했으니까."

"그리고 내 추적 장치도 잘 돌아왔고 말이야."

키이라가 씩 웃었어요.

"하지만 해야 할 일이 아직 많이 남았는걸요."

페르난다가 말했어요.

"할 일은 언제나 많지. 하지만 너희가 그 모든 일을 다 할 수는 없단다. 또 다른 임무가 기다리고 있거든. 어쩌면 가장 어려운 임무일 수도 있어……."

메이슨이 의미심장한 미소를 지으며 말했어요.

마다가스카르에 대해 알아보아요

- 세계에서 네 번째로 큰 섬이에요. 한반도의 약 2.7배에 달하는 크기이지요. 인도양에 둘러싸여 있으며 아프리카 남동 해안에서 약 400킬로미터 떨어져 있어요.

- 마다가스카르는 철 성분이 풍부한 붉은 흙 때문에 '그레이트 레드 아일랜드(거대한 붉은 섬)'라고도 불린답니다.

- 마다가스카르는 아프리카 본토로부터 고립된 섬으로, 석회암 지형에서 열대 우림에 이르기까지 지형이 매우 다양해요. 기후 또한 지역에 따라 열대 기후에서 온대 기후까지 다양하게 나타나지요. 그래서 이곳 생태계는 매우 독특하답니다. 마다가스카르에만 사는 동물과 식물이 놀라울 정도로 많지요.

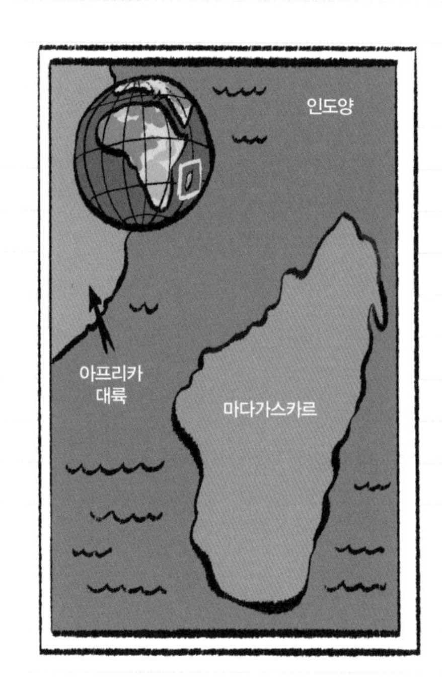

• 마다가스카르의 문화는 생태계만큼이나 다양하고 풍성해요. 마다가스카르에는 약 18개의 종족이 어울려 살고 있어요. 각 종족은 고유한 관습과 신앙, 생활 방식을 소중히 여기며 지키고 있지요.

• 바오바브나무는 마다가스카르를 상징하는 나무예요. 굵은 줄기에 엄청난 양의 물을 저장하고 있어 덥고 건조한 날씨도 견딜 수 있지요. 가지가 뿌리처럼 복잡하게 얽혀 자라며 평균 수명이 수천 년 정도로 매우 길어요.

마다가스카르에는 어떤 동물이 살까요?

마다가스카르는 다른 곳에서는 볼 수 없는 다양한 식물과 동물이 살고 있어요. 그중에 가장 유명한 동물을 두 가지를 꼽자면 혹소와 여우원숭이가 있답니다.

혹소는 어떤 동물일까요?

- 혹소는 소와 같은 소과 동물이에요. 뿔이 달려 있지요.
- 무리 지어 살고 풀과 씨앗, 꽃을 먹어요.
- 어깨에 불룩 솟아난 혹에 영양분을 저장해서 쓸 수 있어요.

여우원숭이는 어떤 동물일까요?

- 여우원숭이는 영장류의 일종이에요. 원숭이처럼 꼬리가 길고 네 발로 걸어 다니지요.
- 대체로 열대 우림의 나무에서 살아요.
- 보통 낮에는 잠을 자고 밤에 활발하게 움직여요.
- 여우원숭이는 초식동물이에요. 대나무와 과일, 잎사귀를 주로 먹는답니다.
- 언제나 암컷이 우두머리 역할을 해요.

기후 변화가 일으키는 마다가스카르의 홍수

지구에서 인간들이 벌이는 활동 탓에 날씨가 극단적으로 변하고 말았어요. 그 결과 마다가스카르와 같은 지역에서 홍수로 입는 피해가 더욱 늘어났습니다.

홍수가 일어나는 원인은 무엇일까요?

지구 온난화로 폭우를 동반한 열대성 폭풍이 자주 생기기 때문이에요. 지구 온난화로 기후가 점점 뜨거워지면 지구의 만년설(눈)과 빙하(얼음)가 빠르게 녹아 해수면이 높아져요. 또한 바닷물이 따뜻할수록 열대성 폭풍의 에너지는 강력해지지요. 인도양 및 남태평양에 발생하는 열대성 폭풍을 사이클론이라고 하는데, 해안 지역일수록 사이클론의 피해가 더욱 크답니다.

홍수가 어떤 피해를 주나요?

- 기후 변화는 땅을 가물게 해요. 땅이 메마르고 딱딱해지면 물이 스며들기 어려워요. 그러다 마른 땅에 폭우가 쏟아지면 많은 양의 물이 흡수되지 못해 표면의 흙이 쓸려 내려가고 농작물은 물에 잠겨 버려요.
- 농경지가 파괴되고 가축을 키울 수 없어 식량 자원이 사라져요. 집과 중요한 건물 역시 잃게 돼요.
- 산사태가 일어날 가능성이 높아져요. 야생 동물의 서식지가 사라지고 도로, 마을 등이 파괴돼요.
- 깨끗한 물을 공급받을 수 없어요. 하수와 쓰레기로 뒤섞여 식수가 오염되지요.

우리 함께 지구를 구해요!

사람들의 무분별한 행동으로 발생하는 환경 오염과 기후 변화로 인해 지구가 몸살을 앓고 있어요. 편리함과 신속함을 추구하면서 우리 생활 곳곳에는 일회용품이 자리를 잡았어요. 또 배달 문화가 확산하면서 플라스틱 포장 용기도 엄청난 양으로 쌓여 가고 있어요. 하지만 지구를 구하기에 아직 늦지 않았답니다. 씩씩하게 임무를 수행하는 글로벌 히어로즈와 함께 작은 일부터 시작해 보아요.

'탄소 중립'에 대해 알고 있나요? 이산화 탄소 배출량이 '0'이 되도록 하는 것을 탄소 중립이라고 해요. 이를 위해 국가와 기업에서도 많은 노력을 하고 있지만, 우리가 할 수 있는 일도 많이 있어요. 그럼 우리가 할 수 있는 일을 알아볼까요?

❶ 집에서 에너지 절약하기

냉·난방기 사용 시 적당한 온도를 유지하고, 음식은 먹을 만큼만 조리해서 음식물 쓰레기를 줄여요. 음식물 쓰레기가 썩을 때 강력한 온실가스인 메탄이 나온다는 사실을 알고 있나요? 음식을 먹을 때 남기지 않기로 해요.

❷ 가까운 거리는 걷거나, 대중교통 이용하기

가까운 거리는 산책 삼아 걷거나, 자전거를 이용해 보아요. 부모님 차를 타는 대신 대중교통을 이용하는 것은 어떨까요? 온실가스를 줄이는 데 많은 도움이 됩니다.

❸ 개인 컵, 다회용 컵 사용하기

일회용 플라스틱 컵 대신, 개인 컵을 가지고 다니거나, 여러 번 사용할 수 있는 다회용 컵을 사용하는 것도 환경을 보호하는 좋은 방법이에요. 한 가지 더, 플라스틱 빨대 쓰지 않기! 음식을 포장할 때도 일회용기보다는 다회용기를 사용하면 좋겠지요?

❹ 비닐봉지 말고 장바구니 사용하기

마트나 가게에서 음식을 사고 받을 때는 장바구니나 에코백을 가지고 가요. 에코백은 7천 번 이상 써야 진정한 친환경 효과가 있다고 해요. 불필요한 비닐 사용을 자제하면 환경을 지키는 데 많은 도움이 될 거예요.

퀴즈 풀면 나도 글로벌 히어로즈!

글로벌 히어로즈의 활약을 지켜보았나요? 그렇다면 기억을 되살려 아래의 퀴즈를 풀어 보아요!

1) 지구의 날씨를 감시할 때 어떤 시스템을 쓰나요?

2) 모가 붕대로 도와주려 했던 동물은 무엇인가요?

3) 라코토 박사님은 어디에서 일하나요?

4) 페르난다는 어떤 동물을 발견했을까요?

5) 모와 페르난다가 두 번째로 만난 이블루터스는 누구일까요?

6) 모터보트에 쌓여 있던 상자 안에는 무엇이 들어 있었나요?

7) 이블루터스를 잡을 때 도움이 되었던 도구는 무엇이었나요?

답

1) 인공위성
2) 혹소
3) 동물병원
4) 고양이
5) 캡틴 랜섬
6) 여우원숭이
7) 낚시 고리

뜻풀이

자율 주행
비행기와 같은 이동 수단을 컴퓨터로 조종하는 것.

조종석
항공기에서 조종사가 앉는 자리.

범람원
강이나 개울 옆에 있는 땅으로, 홍수 때 강물이 넘쳐 만들어진 지대가 낮고 평평한 곳.

밀렵꾼
허가를 받지 않고 몰래 야생 동물을 사냥하는 사람들.

태양 전지판
태양 광선을 흡수하여 에너지로 만들도록 설계한 것.

공수하다
항공기를 이용하여 사람이나 우편물, 짐 따위를 옮기는 것.

해수면
바닷물의 표면.

고도
평균 해수면 높이를 기준으로 대상 물체의 높이를 측정한 값.

발산
냄새, 빛, 열 따위가 사방으로 퍼져 나감.

타격
어떤 일에서 크게 기를 꺾음. 또는 그로 인한 손해나 손실.

지대
자연의 힘이나 사람의 힘으로 범위를 정한 구역.

지반
땅의 표면.